E HUG
Hughes, Ted, 1930-1998.
Y se hizo la abeja

S0-AWE-609

DATE DUE

MAY 2 6 2009		
SEP 0 9 2009		
GAYLORD		PRINTED IN U.S.A.

AVON PUBLIC LIBRARY
BOX 977/200 BENCHMARK RD.
AVON, CO 81620

EAGLE VALLEY LIBRARY DISTRICT
1 06 0004212591

Primera edición en español: 2006

Hughes, Ted
    Y se hizo la abeja / Ted Hughes ; trad. de Laura Emilia Pacheco ;
ilus. de Carmen Segovia. – México : FCE, 2006
    36 p. : ilus. ; 28 x 19 cm – (Colec. Clásicos)
    Título original How the Bee Became
    ISBN 968-16-8179-7

    1. Literatura infantil I. Pacheco, Laura Emilia, tr. II. Segovia,
Carmen, il. III. Ser. IV. t.

LC PZ7   Dewey 808.068 H874y

Distribución mundial para lenguas española y catalana

Comentarios y sugerencias:
librosparaninos@fondodeculturaeconomica.com
www.fondodeculturaeconomica.com
Tel. (55)5449-1871 Fax (55)5227-4640

Empresa certificada ISO 9001:2000

Coordinación editorial: Miriam Martínez y Marisol Ruiz Monter
Cuidado de la edición: Obsidiana Granados Herrera
Diseño y formación: Paola Álvarez Baldit

© 1963 del texto: Ted Hughes
© 2006 de las ilustraciones: Carmen Segovia

D.R. © 2006, Fondo de Cultura Económica
Carr. Picacho-Ajusco, 227; 14200, México, D.F.

Se prohíbe la reproducción total o parcial de esta obra
—incluido el diseño tipográfico y de portada—,
sea cual fuere el medio, electrónico o mecánico,
sin el consentimiento por escrito del editor.

ISBN 968-16-8179-7

Impreso en México • *Printed in Mexico*

AVON PUBLIC LIBRARY
BOX 977/200 BENCHMARK RD.
AVON, CO 81620

Y se hizo la abeja

Ted Hughes

Y se hizo la abeja

ilustrado por
Carmen Segovia

traducción de
Laura Emilia Pacheco

CLÁSICOS

En el centro de la Tierra había un demonio que, a tientas, buscaba gemas y metales preciosos en la oscuridad de las cuevas. Era jorobado y tenía los brazos nudosos. Las orejas le caían sobre los hombros como un manto arrugado y lo protegían contra las piedritas que se desprenden de las bóvedas subterráneas. El demonio tenía un solo ojo: una llama que alimentaba con oro y plata para que no se apagara. Todas las noches preparaba su cena sobre ese fuego. Es difícil describir sus alimentos: comía toda clase de hongos que crecen en la sofocante oscuridad de las profundidades, y le encantaban la brea y el petróleo, sus únicas bebidas, que en el centro de la Tierra existen en una cantidad infinita.

Casi nunca emergía a la superficie iluminada. Una vez lo hizo y vio a los seres que Dios creaba.

—¿Qué es esto? —gritó el demonio cuando un saltamontes se posó sobre su pie calloso y con garras.

Después vio a León, luego a Cobra y, muy alto, a Águila.

—¡Vaya! —exclamó, y se apresuró a regresar a la penumbra de las cavernas para reflexionar sobre lo que había visto.

El demonio sintió celos de la belleza de las criaturas de Dios.

—Haré algo mucho más hermoso —dijo por fin.

Pero no sabía cómo.

Así que un día, a escondidas, se acercó al taller de Dios para ver cómo trabajaba. Oculto tras una puerta, el demonio lo vio darle forma al barro, cocerlo bajo el calor del sol y luego infundirle vida con su aliento.

—¡De modo que así se hace!

El demonio se zambulló de nuevo en las entrañas de la Tierra.

Ahí en las profundidades hacía tanto calor que resultaba imposible moldear el barro y todo ya estaba cocido, rígido. El demonio intentó hacer su propio barro.

Primero trituró unas piedras con sus manos hasta que las pulverizó. Pero, ¿cómo lograr que el polvo se convirtiera en barro? Necesitaba agua pero en el centro de la Tierra hacía tanto calor que no la había.

El demonio la buscó y la buscó pero no la encontró. Por fin, se sentó. Estaba tan triste que se puso a llorar. Grandes lágrimas le rodaron por la nariz.

—Si tuviera agua podría convertir este barro en un ser con vida. ¿Por qué vivo en un lugar donde no la hay? —sollozó.

Miró el polvo que tenía en la palma de la mano y de nuevo empezó a llorar. Veía el polvo y lloraba. Lo veía y lloraba, hasta que una lágrima cayó desde la punta de su nariz directamente al polvo.

Era demasiado tarde para atraparla. Las lágrimas de los demonios no son como las nuestras. Hubo un destello rojo, un chisporroteo, un burbujeo y, en la palma de su mano, sólo quedó una mancha en vez de polvo.

Otra vez el demonio quería llorar. Ahora tenía el líquido pero le faltaba el polvo.

—De nada sirvió el polvo de piedras. Necesito algo más resistente.

Entonces, antes de que sus lágrimas se secaran, se apresuró a triturar un poco del oro que usaba para alimentar la llama de su ojo. Ya pulverizado, lo humedeció con una lágrima que tomó de su mejilla. Pero tampoco sirvió de mucho: hubo un destello, un chisporroteo, un burbujeo, y nada.

—¿Y ahora qué? —se preguntó el demonio.

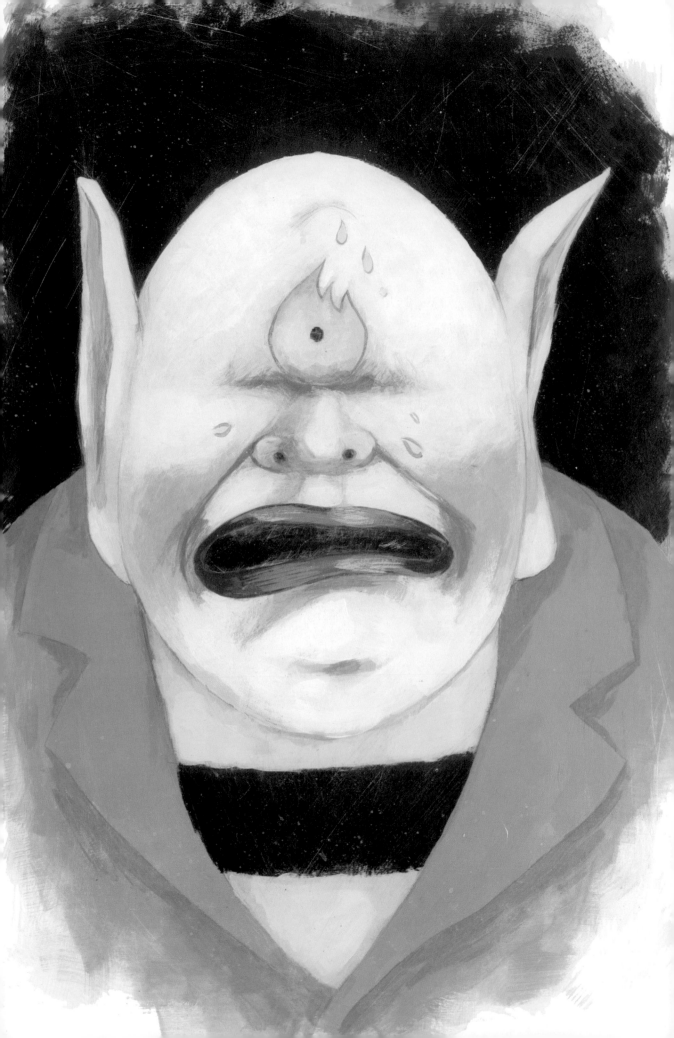

Entonces se le ocurrió pulverizar piedras preciosas. Era difícil, pero finalmente lo logró. Ahora necesitaba una lágrima. Estaba tan emocionado que no podía llorar. Intentó hacer que le brotara una sola, pero fracasó. Su ojo estaba seco como un horno. Lo intentó varias veces. ¡Nada! El demonio se sentó y rompió en llanto.

—¡Es inútil! ¡No puedo llorar! —gimió.

Y entonces, sintió que las lágrimas le rodaron por las mejillas.

—¡Estoy llorando! ¡Rápido, rápido! —sollozó emocionado.

El demonio humedeció el polvo de piedras preciosas con una lágrima. El resultado fue perfecto: un diminuto fragmento de hermoso barro. Era pequeñísimo, porque al demonio le habían salido pocas lágrimas, pero era suficiente.

—Y ahora, ¿qué tipo de criatura hago?

El demonio sopló y sopló, pero no pasó nada.

—¡Mi creación es muy hermosa! ¡Tengo que darle vida! —exclamó.

Sin duda era muy bella. Tenía todos los colores de las piedras preciosas de que estaba hecha. El fuego le había dado un centelleo opaco en el que el rojo, azul, naranja, verde y morado mostraban su fulgor. La criaturita era apenas del tamaño de una de tus uñas.

Pero no tenía vida.

Sólo quedaba un remedio: pedirle a Dios que se la diera.

Dios se sorprendió mucho cuando vio al demonio porque no sabía que existiera un ser como ése.

—¿Quién eres? ¿De dónde vienes? —preguntó Dios.

El demonio inclinó la cabeza. "Usaré un truco", pensó para sus adentros.

—Me dedico a forjar piedras preciosas. Vivo en el centro de la Tierra. Te traje un obsequio como muestra de mi respeto hacia ti —dijo con humildad.

El demonio le mostró su pequeña creación. De nuevo, Dios quedó sorprendido.

—¡Qué hermosa! —repetía, mientras la hacía girar y girar en la palma de su mano—. ¡Qué hermosa! Eres un gran orfebre.

AVON PUBLIC LIBRARY
BOX 977/200 BENCHMARK RD.
AVON, CO 81620

—¡Ah! —respondió el demonio—. Pero no soy tan hábil como tú. Nunca he podido lograr que tenga vida. De haberla creado tú, la tendría. Pero así, aunque es hermosa, no la tiene.

Dios se sintió halagado.

—Eso tiene remedio —respondió. Se llevó el obsequio del demonio a los labios y, con su aliento, le infundió vida.

Luego sostuvo al pequeño ser, que rodó hasta la yema de sus dedos.

Bzzz, se escuchó. La criaturita zumbó y agitó sus frágiles y hermosas alas. Con la velocidad de un rayo, el demonio se la arrebató a Dios y volvió a las entrañas de la Tierra.

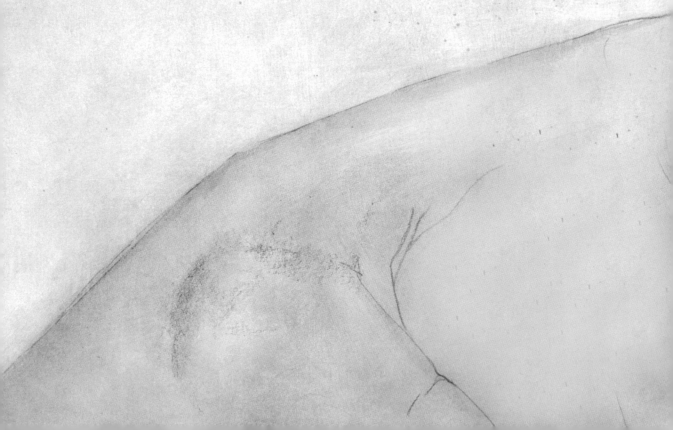

Otros mil años permanecieron ahí mientras la criaturita se deslizaba por los dedos y efectuaba diminutos vuelos entre las manos del demonio que, feliz, hacía fulgurar todos los colores de su pequeña creación con el fuego de su ojo.

—Eres más hermosa que cualquiera de las criaturas de Dios —canturreó el demonio suavemente.

Pero allá en el centro de la Tierra la pequeña criatura
llevaba una vida muy dura sin nadie con quién jugar.
Vivía sola con el demonio. Dios le había infundido
vida con su aliento y anhelaba la compañía de los
otros seres que vivían bajo el sol.

Otra cosa la entristecía también. En vez de sangre,
por sus venas corrían las lágrimas que el demonio había
mezclado con el barro. ¿Y qué puede haber más triste que una
lágrima? Con esa desdicha en las venas, la criaturita deambu-
laba, inquieta, por las manos del demonio.

Un día, el demonio emergió a la superficie para comparar su creación con las de Dios.

Bzzz, hizo su pequeña mascota y se alejó volando por encima de las montañas.

—¡Vuelve! —gritó el demonio y de inmediato se tapó la boca por temor a que Dios lo escuchara. Buscó a la criaturita pero, al poco tiempo, reptó de vuelta a las profundidades de la Tierra para evitar que Dios lo descubriera.

Aún así la criaturita no era feliz.

Vivía con la perpetua tristeza de llevar en su interior las lágrimas del demonio que formaban parte de su ser y recorrían sus venas.

—Si junto todo lo que hay dulce, brillante y alegre —se dijo a sí misma—, de seguro me sentiré mejor. Aquí hay muchísimas cosas que son maravillosamente dulces, brillantes y alegres.

Volando de flor en flor, recolectó la reluciente y soleada dulzura de sus cálices.

—¡Ah! ¡Es maravilloso! —exclamó.

La dulzura iluminó su cuerpo. Gracias al néctar, sintió cómo el sol brillaba a través de su ser. Se sintió feliz por primera vez.

Pero en cuanto dejó de beber el néctar de las flores, la tristeza volvió a invadir sus venas y la melancolía se apoderó de sus pensamientos.

—El demonio me creó con sus lágrimas —dijo—. Pero, ¿cómo puedo alejarme de su tristeza? Tal vez logre hacerlo si jamás me aparto de las flores.

Y se apresuró a volar de flor en flor.

No podía detenerse. Además, era tan maravilloso que no quería parar.

Pronto libó tanto néctar que empezó a rebozarle por los poros. Estaba tan henchida de dulzura que, al poco tiempo, la desbordó. La criaturita libaba más y más a cada segundo.

Hasta que, por fin, tuvo que detenerse.

—Debo almacenar esto en algún lado.

Así que construyó un panal y guardó ahí la dulzura que la desbordaba. El hombre encontró ese néctar y lo llamó miel. Al ver la labor de la criaturita, Dios la bendijo y la llamó Abeja.

Pero Abeja tiene que buscar dulzura de flor en flor. Las lágrimas del demonio todavía recorren sus venas para entristecerla en cuanto deja de beber el néctar de las flores. Al enojarse, la punzada de su aguijón duele mucho porque con su picadura inyecta las lágrimas del demonio. Y si tiene que mantenerse así de dulce, Abeja debe libar y libar néctar hasta desbordarse.

Y se hizo la abeja,
de Ted Hughes,
se terminó de imprimir en
los talleres de Impresora y
Encuadernadora Progreso,
S.A. de C.V. (IEPSA),
Calzada San Lorenzo
núm. 244; 09830,
México, D. F., durante el
mes de agosto de 2006.
El tiraje fue de 5 000 ejemplares.

AVON PUBLIC LIBRARY
BOX 977/200 BENCHMARK RD.
AVON, CO 81620